Hamburger Abendblatt

SCHWARZE **HEFTE**

Michael
Koglin

DAS KREUZ VON BLANKENESE

Für Marin
viel Spaß und sehr gute Nerven!

Ein Krimi vom Hamburger Abendblatt

Michael Koglin
Hamburg, 25. Januar 2008

Die Reihe »Schwarze Hefte« wird
herausgegeben von Volker Albers

Titelillustration: Stefan Siegert
Gestaltung und Herstellung: Peter Albers
Satz, Lithographie und Druck:
Albert Bauer KG, Hamburg
Bindearbeiten:
Schoch & Siege, Ahrensburg
Papier: EPOS® 1,5 natur, 100 g/qm, holzfrei
Volumenpapier gelblich weiß, mit 1,5fachem
Volumen, von Klippan AB, Schweden.
Exklusiv erhältlich bei Classen-Papier GmbH.

Printed in Germany

ISBN 3-921305-94-2

Hamburger Abendblatt vom 1. Juni

Unbekannte Tote

Einen grausigen Fund machten Spaziergänger gestern Morgen am Falkonsteiner Ufer. In Höhe der ehemaligen Abwrackwerft Harmstorf fanden sie eine offenbar angespülte weibliche Leiche. »Ein Hund hat daran herumgeschnüffelt. Es sah aus wie ein Stoffbündel«, sagte Jens Sirkensen, der sofort von einem nahe gelegenen Imbiss die Polizei alarmierte. Die Person konnte bisher nicht identifiziert werden. »Vermutlich wurde die Leiche im Fahrwasser von einer Schiffsschraube erfasst«, teilte die Polizei mit.

Ja, meine Wetterhexe, du hast dich gut getarnt. Aber ich, ich habe dich erkannt. Und Wetterhexen muss man den Kopf abschlagen. Sofort.
Du bist durch meine Träume gepoltert. Ohne Rücksicht. Nein, die gab es für dich nicht. All die Jahre hast du mich gequält und aufgezogen. Egal wie weit weg du warst. Du hast mich immer wieder daran erinnert.
Ich habe Fotos mit deinem Gesicht aus der Zeitung ausgeschnitten. Ja, das könnte sie sein, habe ich gedacht, und dann war ich sicher. Ja, das ist meine Halbschwester Anna. Du warst immer dunkelhaarig. Eine gerade Nase, manchmal leicht gekrümmt. Braune Augen. Ja, das da in der Zeitung, das muss sie sein. Ich kannte dich doch nicht ...

Aber du hast mich nur ausgelacht. Dabei warst du es, die mich befreien konnte. Aus der Kiste, du weißt? Die Kiste in unserem Dreieck-Haus. Sie stand da. An der Wand. Neben dem Fenster. Sie hat da immer gestanden. Ich habe gebetet, und du warst die Göttin, die die Kiste öffnet. Mit einem Zauberwort. Irgendein verdammtes Zauberwort. Es wäre dir schon etwas eingefallen. Du hättest mich da herausholen können. Aus der Kiste. Mich retten können! Und auch den alten Mann.
Aber nein. Dabei braucht er doch nur ein bisschen Frieden. Und Geborgenheit. Was ist denn dabei? Hat er doch nie bekommen, aber jetzt braucht er ein wenig Frieden. Und du, Schwesterlein? Liebste Anna! Du

tauchst hier einfach auf. Riechst nach New York und Paris. Große weite Welt. Time Square und Montparnasse. Edelboutiquen. Hast dir dein Taschentuch vor die Nase gehalten. Ja, alte Männer stinken. Manchmal. Hat es dein Näschen gequält? Hmh? So sorgfältig gepudert das kleine jüdische Näschen. Weißt du eigentlich, dass er dich beschützt hat? Der alte Mann?
Ich habe gleich bemerkt, dass du ganz schnell wegwolltest aus seinem Haus. Nur weg. Aber man kann nicht weg von ihm. Sein ganzes Leben lang nicht. Da kannst du dich in London oder in Jerusalem verkriechen, er wird immer da sein. Und er riecht, weil er verfaulen muss. Aus den Gräbern, die du besuchen wolltest, riecht es nicht mehr.
Dann hast du dich umgesehen in dem kleinen dreieckigen Häuschen. Und deine Augen sind verächtlich durch die Stube gewandert. Der Stuhl nicht sauber genug? Der Tisch voller Krümel, hmh? Und dann hast du die Kiste gesehen. Du wolltest weg. Essen gehen, hast du gesagt. Der alte Mann müsse schlafen.
Wir sind ins Restaurant Falkenstein. Alles renoviert, doch der Geruch nach Bratkartoffeln ist geblieben. Unter dem Tisch hast du mich berührt. Meine Hand gehalten, sie gestreichelt. Wetterhexe, ich habe dich erkannt. Deine Augen, es lag in deinen Augen.
Und dann runter zum Strand. Romantisch, nicht? Sternenhimmel über Blankenese. Du hast mich wieder angefasst. »Ist wie in Miami«, sagst du und siehst zur blauen Nivea-Uhr hinauf. »Lass uns auf den Steg

gehen«, sagst du. »Anleger«, sage ich. Aber man kann da auch ablegen. Einfach so. Und dann ist man weg. Hat alles abgelegt.
»Vorsicht, Rutschgefahr«, liest du das Schild vor und klammerst dich an mir fest. Ja, die Mütter machen das Blut. Aber deine Mutter ist nicht meine Mutter. Wir haben den gleichen Vater. Schwesterlein, du hättest besser auf deinen Bruder aufpassen sollen. Und dann willst du wissen, was denn »Opn' Bullen« bedeutet, und lachst. Ich erzähle dir von dem Bullen ... nein, ich bin nicht dein Bulle. Trotz deiner gepuderten Augen. Trotz deiner Hände. Vor uns fährt ein Containerschiff vorbei. In irgendein weit entferntes Land. In dein Land? Und der Anleger beginnt zu schwanken. Ganz sacht. Der Rhythmus zu einem Kinderlied. Wie ging es noch gleich ... »Fressen dich die Raben«? Ja, von den Raben gefressen. Du redest etwas von Sternen. Und vom Mond.
Und dann siehst du, wie das Mondlicht auf der Messerschneide blitzt. Und du starrst das Messer an, und dann starrst du mich an. Hast Angst. Sie kriecht aus deinen Augen. Ein Mondstrahl für dich. Von meinem Messer. In deinen Bauch. Ich habe dich gezeichnet. Schmerz muss man aushalten. Denk an die Männer vom Kap Hoorn, von denen der alte Mann immer erzählt hat. Manch einer ist über Bord gegangen. Hat es nicht geschafft. Weißt du, wie viele Schiffe auf dem Grund des Meeres liegen? So zwischen Atlantischem Ozean und Pazifik? Und all die Skelette, die sich an

den verrotteten Masten und Wanten festhalten? Eingeklemmt zwischen Türen und Planken und gefesselt von gammelnden Tauen? Und irgendwann tauchen sie wieder auf. Frag mal den alten Mann. Du hast dich nicht gehalten. Ich wusste das. Ich hab auf dich gewartet. Anlegen und Ablegen. Du verstehst?

Hamburger Abendblatt vom 6. Juni

Bluttat in Hamburger Kirche

Blankenese kommt nicht zur Ruhe. Ein Mord erschüttert die Menschen in dem sonst so beschaulichen Hamburger Stadtteil. »Wir sind völlig fassungslos«, sagt Helge Lührs, Pastor der Blankeneser Kirche. Ein Mitglied der Gemeinde hatte am gestrigen Abend die Leiche von Elfriede J. entdeckt. Die Tote lag auf dem Marmor vor dem alten Taufbecken. Nach ersten Erkenntnissen der Polizei wurde die Frau vergewaltigt und anschließend erstochen. Besonders grausig: In die Haut des Opfers ritzte der Täter Zeichen ein. Nähere Angaben wurden dazu nicht gemacht. Nach Aussage eines Zeugen soll es sich um einen Judenstern und ein Kreuz handeln. Ob es die Tat eines religiösen Fanatikers war, wollten die Behörden nicht ausschließen. Dafür würde sprechen, dass der Mord an einem Taufbecken verübt wurde. Es gilt übrigens als ältestes Zeugnis der Blankeneser Stadtgeschichte.
Frederik Crohn von der Mordkommission betonte, dass der Täter mit äußerster Brutalität vorgegangen sei. »Wir haben unser Team verstärkt«, sagte der Kommissar. Elfriede J. hatte völlig unauffällig als Hausfrau in Blankenese gelebt. Erst vor zwei Jahren verstarb ihr Mann. Kommissar Crohn bittet die Bevölkerung, alle Beobachtungen, die in Zusammenhang mit dieser Tat stehen könnten, der Polizei mitzuteilen. Die Polizei fragt:

Wem ist das verdächtige Verhalten eines Mannes aufgefallen? Wer kann Angaben dazu machen, warum sich Elfriede J. in der Kirche aufhielt? Wer hat sonstige Beobachtungen rund um die Kirche gemacht?
Die Tote, die letzte Woche am Falkensteiner Ufer angeschwemmte wurde, konnte bislang noch nicht identifiziert werden.

Es geht ihm schlecht. Die Luft. Heute hat sich der alte Mann an meinen Arm geklammert. Seine Hände zittern. Gelbes Pergament. Mit blassen, blauen Flecken. Seine Augen flackern. Er wird gesund werden. Sicher. Ich habe ihm über den Kopf gestreichelt, und er war dankbar. Wir müssen das zusammen durchstehen.
Am Abend hat er heimlich den Suppenlöffel vom Tablett stibitzt. Und dabei schelmisch gelächelt. Seine Augen haben gefunkelt. So wie früher. Manchmal ist er zutraulich wie ein kleines Kind. Und dankbar. Vielleicht werden wir bald wieder spazieren gehen. Unten am Ufer entlang, hinauf nach Teufelsbrück und vielleicht bis Övelgönne. Mit der Zeit wird er zu Kräften kommen. Und er wird dem Teufelstandbild wieder über den Bauch reiben und tief die Seeluft einatmen. Die Farbe wird in sein Gesicht zurückkehren und all die Erinnerungen an seine großen Fahrten. Wie oft hat er mir davon erzählt. Von den fremden Ländern und natürlich vom Kap Hoorn. Der pfeifende Wind, die Albatrosse im Schlepptau, die still in der Luft standen

und manchmal stundenlang keinen Flügelschlag brauchten. Albatrosse, so hießen auch die Kapitäne, die auf Segelschiffen und mit Frachtgut das Kap umsegelten.
Er war nur einfaches Mannschaftsmitglied, damals. An all das wird er sich wieder erinnern und über die Sportboote lachen, die über die Elbe tuckern. »Nussschalen«, wird er sagen. Er war immer ein gerader Mann. Hat sich gekümmert. Um seine Familie.
Und dann taucht seine Tochter hier auf und jetzt auch noch seine erste Frau, Sarah. Mit dir hat er kein Glück gehabt, Sarah, das hatte er nicht verdient. Du warst doch seine erste Frau, und du weißt, dass ein Mann wie er dich nie verlassen hätte.
Er hat dich beschützt. Obwohl er noch so jung war. Damals, als in Blankenese die Fahnen mit Hakenkreuzen hochgezogen wurden. Und die Partei ihre Versammlungen vor der Kirche abhielt.
Alter Mann, du hast dich nicht anstecken lassen. Du hast deine Frau verborgen. Mitten zwischen all den Parteibonzen, die aus Hamburg mit großem Gefolge aufliefen und bei Sagebiels Kaffee tranken und Rhabarberkuchen in sich hineinschaufelten.
Er hat sie im Keller versteckt. Und als Peter Fiersen dumme Andeutungen gemacht hat, da hat er sich gewehrt. Hat ihn gewarnt. »Halte dich da raus, meine Frau gehört mir«, hat er gesagt, und der hat geantwortet: »Mit deiner Frau, das ist verboten. Rassenschande ist das.« Und dann ist Fiersen gestürzt, gegen

den Gartenzaun mit den spitzen Stangen. Hat ihn direkt aufgespießt. Und dann war auch schon alles vorbei, und Sarah ist raus aus dem Keller, und der alte Mann hat die falschen Papiere verbrannt. Hatte er zur Sicherheit von einem Seemann besorgt, und der hatte sie in Shanghai machen lassen.
Und du, Sarah? Bist du dankbar gewesen für die Rettung? Du hast gelacht. Über deine Nachbarn. Da unten im Keller hat sie mit dem Malen angefangen, und dann kamen lauter fremde Menschen ins Haus. Der alte Mann hat es dir verboten, aber du hast nur gelacht. Du hast geraucht, und irgendwelche Sachen genommen. Und Alkohol haben deine Freunde mitgebracht. Sagt der alte Mann. Und du hast gelacht. Und manchmal hast du auch geblutet. Der alte Mann sagt, das kommt von den Drogen. Da läuft man gegen die Schranktür, und schon blutet es. Nein, zum Arzt durftest du nicht gehen. Die Nachbarn haben geredet, wieder geredet, und dann ist das Kind gekommen. Eine Tochter. Und sie wurde Anna genannt. Ja, die Mütter machen das Blut, Sarah, und dann bist du fort. Nach Israel. Hat der alte Mann gesagt. Bei Nacht und Nebel und mit dem Kind. Dem alten Mann hat es das Herz gebrochen. Er hat euch geliebt, hörst du, Schwesterherz? Und ihr seid weg. Einfach weg. Nach Israel.
Und dann bist du plötzlich wieder da, Sarah, grauhaarig, und stehst da in der Kirche. Aber das ist doch gar nicht dein Gott? Oder doch? Du stehst da am Taufbecken und berührst es. Streichelst darüber und ... ja,

du hast gelacht. Ich denke, das kann nicht Sarah sein, aber dann bin ich mir nicht mehr sicher. Und es rauscht. In meinen Ohren rauscht es. Und jetzt weiß ich, dass du es bist. Sarah, du siehst dich um. Und du siehst das Messer. Warum hast du das Taufbecken gestreichelt? Du bist hier doch gar nicht getauft worden. So wie Generationen von Fischern.

Frag den alten Mann. Der wusste alles über Blankenese. So, als wäre er immer schon dabei gewesen. Hat die Leute herumgeführt, hat ihnen erzählt, wie es hier vor Jahrhunderten zugegangen ist. Ein ehrenhafter Mann, Sarah. Du hättest ihn nicht verlassen sollen. Du siehst das Messer und lächelst. Ich schneide deinen Mantel auf und dann deine Bluse. Aus dem BH fallen deine welken Brüste. Du willst schreien, Sarah, aber ich binde dir einen Knebel um den Mund. So lange hast du dem alten Mann deine Frechheiten ins Gesicht gesagt und hast uns ausgelacht. Damals wollte keiner mehr mit uns reden. Du hast den alten Mann zu einem Dorftrottel gemacht ... Sarah, deine Haut ist schon fleckig. Und das Messer fährt hindurch. Ich kreuze es aus, dein Leben und dann diesen Stern. Kennst du ihn? Bereitet er dir Schmerzen?
Ach, Sarah, du hast gebettelt, dass es bald vorbei ist. Mit den Augen hast du gebettelt. Und dann war es vorbei, und all das Blut auf dem weißen Marmor. Und ich bin genauso überrascht wie du. Deine Augen

brechen. Der Kopf sackt nach hinten. Der Tod ist etwas Ungeheures. Sarah, wir müssen Ehrfurcht haben. Sarah, du wirst den alten Mann nicht mehr quälen. Er wird gesund werden, weißt du. Der alte Mann wird an der Elbe entlangspazieren und tief Luft holen. Und dann kommen die Geschichten wieder. »Du musst ein richtiger Mann sein«, wird er sagen. »Du musst Schmerzen aushalten.« Ja, ich muss Schmerzen aushalten. Und dann wird er mir wieder seinen Arm zeigen. So wird es sein. Nur wir beide. An der Elbe, und dann wird er wieder hinaufsehen an die Spitze des Leuchtturms und den Kopf schütteln und sagen: »Wie das Raumschiff Orion.« Und drüben im Imbiss bestellt er einen steifen Grog, und ich darf den darin eingetunkten Zucker essen. Ja, ich will ein starker Mann werden.
Sarah, du hattest dich da oben schon eingenistet. Ein Haus gebaut in meinem Kopf. Mit deiner Tochter. Doch jetzt seid ihr ausgezogen. Für immer. Der alte Mann findet seine Ruhe. Er muss nicht mehr im Schlaf »Sarah« murmeln. Auch aus seinem Kopf seid ihr ausgezogen. Der alte Mann und ich werden da jetzt wohnen. Zusammen. Wir brauchen sonst niemanden. Keinen Menschen. Und keine Geister.

Hamburger Abendblatt vom 8. Juni

Kirchenmord: Polizei erstellt Täterprofil

Geschäftiges Treiben auf den Gängen des Polizeipräsidiums. Hier im vierten Stock sind die Räume der Mordkommission. Der Schreibtisch von Kommissar Frederik Crohn ist mit Papieren übersät. Vor ihm blinkt ein Monitor. Das Programm sucht nach Täterprofilen. »Beunruhigte Anwohner«, sagt Crohn und deutet auf einen Stapel Briefe. »Wir verfolgen jede noch so kleine Spur.« An eine Tat aus rassistischen Motiven glaube er nicht. »Nach unseren Untersuchungen am Tatort muss es sich um einen Einzeltäter handeln.« Ob der schon früher einmal in Erscheinung getreten sei, könne er nicht sagen. »Wir überprüfen bundesweit alle Fälle, bei denen ein Täter Symbole in die Haut eines seiner Opfer geritzt hat. Auch andere Besonderheiten gleichen wir auf eventuelle Übereinstimmungen mit früheren Taten ab.« Ein Kollege reicht dem Kommissar eine Mappe. Der Obduktionsbericht. Zwischen all den medizinischen Begriffen kriecht das Grauen hervor. Der Mörder hat sein Opfer gefesselt und dann ihre Kleidung vom Körper geschnitten. Nachdem er die Frau vergewaltigt hatte, ritzte er mit einem Messer zwei Symbole in den Körper. Anschließend stieß er das Messer gezielt in das Herz der Frau.
»Wir sind hier viel gewohnt, aber das ...« Man merkt Crohn an, dass ihm der Fall an die Nieren geht. Das

Telefon klingelt. Crohn nickt müde: »In Ordnung, Besprechung in zehn Minuten.« Wieso diese Offenheit bei der Polizei? Wieso dieser Einblick in die Ermittlungen? Normalerweise gibt es Statements von der Pressestelle. Crohn: »Wir wollen von Anfang an die Bevölkerung vollkommen ins Bild setzen. Nur so haben wir eine Chance, den Täter schnell in die Finger zu bekommen.«

Ausgeschlossen werde eine Täter-Opfer Beziehung. Mit anderen Worten: Der Täter hat sein Opfer mit großer Wahrscheinlichkeit nicht gekannt. Elfriede J. lebte als Hausfrau zurückgezogen in Blankenese. Sie sei hier geboren und in der Blankeneser Kirche getauft worden. Der Ablauf der Tat deute darauf hin, dass der Täter sie zufällig in der Kirche getroffen habe. Crohn: »So furchtbar das klingt: Sie ist zum falschen Zeitpunkt am falschen Ort gewesen. Es hätte auch jemand anderen treffen können.«

Glaubt er an die Tat eines Wahnsinnigen? Der schmächtige Frederik Crohn erhebt sich von seinem Stuhl und greift zur Kaffeetasse: »Sicher ein Psychopath. Wer zu so etwas fähig ist ... Wir glauben, dass er irgendetwas Schreckliches aus seiner Kindheit oder aus seiner jüngeren Vergangenheit verdrängen will. Es sieht aus, als ... ja ... als wollte er sich rächen.«

Ein Psychopath? Rächen? Na fein. Und was ist mit Sarah? Und mit ihrer Tochter, Anna? Das ist normal, was? Nennt ihr sie deshalb Elfriede? Damit das normal ist? Aber Sarah ist Sarah. Sarah wird immer Sarah sein. Ach, mein Kommissar, in welcher bunten Welt voller Luftballons lebst du eigentlich? Ein Psychopath? Glaubst du das wirklich, Frederik? Selbst wenn du Recht hast, es ändert nichts. Wir müssen Respekt voreinander haben. Was wissen wir schon über den Abgrund, der sich da oben in uns auftut? Psychopath! Frederik, da oben ist es dunkel. Hast du nicht manchmal Angst, was da bei dir herauskriechen könnte? Aus deinem Kopf, Frederik? Plötzlich und ganz unerwartet? Wer hält das Böse? Bin ich böse, Frederik? Ich mache dir Arbeit, aber bin ich böse?

Da ist eine Wunde aufgebrochen, Frederik. Und die muss bluten. Damit sie gereinigt wird. Das verstehst du doch? Und dann, wenn sie geblutet hat, und noch mal geblutet und noch mal geblutet, dann kann sich Schorf bilden und schließlich eine Narbe. Frederik, noch blutet die Wunde. Frederik, willst du mit mir tanzen?

Und was du alles vergessen hast. Das Schiff, das von der Kirchendecke heruntergefallen ist. Und was ich mit dem Kerzenständer gemacht habe. Frederik, sind das die Details, die man nicht verrät, damit man später auch sicher ist, den wirklichen Täter gefunden zu haben? Gibt es das? Den wirklichen Täter? Oder lebt er da oben irgendwo, da, wo es dunkel ist? Und beschützt er mich, damit ich nicht allein bin?

Dem alten Mann geht es heute wieder schlechter. Er fantasiert. Vom Kap Hoorn und seinen großen Fahrten.

Von der Gischt, die über die Reling peitscht. Ich habe mein Bett neben seinem aufgebaut. Damit ich da bin, wenn er hustet. Ich hebe ihn vorsichtig an, dann ist es leichter für ihn. Grüner Schleim. Ich komme mit dem Waschen der Taschentücher nicht mehr hinterher. Aber das Haushaltspapier oder Papiertaschentücher mag er nicht. Ich kann es seinen kleinen listigen Äuglein ansehen.

Aber so viele Taschentücher kann kein Mensch waschen. Die Krise wird vorübergehen. Wenn sie nur nicht dieses Haus vor unsere Nase gestellt hätten. Dann ... ja, dann könnte er auf die Elbe sehen. Auf die Pötte mit Containern und Öl. Alle Flaggen kann er auswendig. Der alte Mann ist weit rumgekommen.

Gestern Nacht habe ich wieder von der Kiste geträumt. Sie stand plötzlich nicht mehr im Haus. Der alte Mann und ich haben darin gesessen. Wir schwammen auf dem Meer, und alles schaukelte, und mir war schlecht, und ich hatte Angst. Und dann ist der alte Mann aufgestanden und hat mich allein zurückgelassen.

Und es roch wie damals. Genauso. Ich weiß noch ganz genau, wie es riecht. Ein bisschen modrig und nach Holz und auch ein bisschen verbrannt. »Das musst du aushalten.« Und dann hat der alte Mann seinen Arm in die Kiste gesteckt, und ich wusste, das musst du aushalten. Über mir die Eisenstreben. Wie ein Kreuz. Ich muss aushalten. Den Mund an die beiden Löcher.

Luft einsaugen, sie darf nicht zu knapp werden. Durch das andere Loch die Luft wieder ausblasen. Sonst wird einem schwindlig in der Kiste. Ein richtiger Kerl werden. Auch der alte Mann musste das aushalten. Damals am Kap Hoorn. Als man ihn in der Werkzeugkammer eingeschlossen hat. Das Wasser ist ihm bis zum Kinn gelaufen, wenn die großen Brecher über das Schiff rollten. Aushalten. Die Kiste lässt sich nicht öffnen. Vielleicht sitzt der alte Mann darauf? Oder sie ist mit dem Lederriemen verschnürt? Ich denke an den alten Mann, und er zeigt mir seinen Arm. Ja, das macht Mut. Wir haben keine Furcht. Wenn wir zusammen sind, haben wir keine Furcht. Vor niemandem. Auch nicht in der Kiste.
Ich muss letzte Nacht in mein Kopfkissen gebissen haben. Als ich heute Morgen aufwachte, hatte ich verklumpte Daunen im Mund. Verdammte Hirngespinste. Der alte Mann hat friedlich neben mir gelegen. Leises Röcheln. Der alte Mann hat gute Träume. Frederik, mein Kommissar, wie schläft dein Vater?

Hamburger Abendblatt vom 14. Juni

Serienmörder in Blankenese?

Wie kurz vor Redaktionsschluss gemeldet wurde, haben Anwohner auf Stehrs Treppe in Blankenese die Leiche einer noch nicht identifizierten Frau gefunden. Sie war auf einem Rasenstück abgelegt und mit einer Decke zugedeckt worden. Nach ersten, nicht bestätigten Informationen war die Frau unbekleidet und wies mehrere Verletzungen auf. Über einen Zusammenhang mit dem Mord in der Blankeneser Kirche wurde nichts verlautbart. Weitere Informationen in unserer morgigen Ausgabe.

Na, Frederik? Ich habe dir eine kleine Botschaft geschickt. Hast du sie gefunden?
Weißt du, Frederik, das Wort Psychopath ist nur ein Wort. Schall und Rauch. Wie Menschennamen. Du kannst denken, was du willst, aber dass sie versucht hat, den alten Mann aufzuregen, das musste ich verhindern. Jetzt, wo er sich erholt. Und so ruhig schläft.
Ich weiß gar nicht, wo seine Frauen so plötzlich alle hergekommen sind. Unten am Strandweg ist sie mir über den Weg gelaufen. Hat meinen Weg gekreuzt. Ich habe sie gegrüßt und sie gehen lassen. Sie hatte wieder dieses blaue Kopftuch umgebunden. Ich hab es genau erkannt. Wie kommt sie hierher? Sie hat sich

umgesehen, und ich war hinter einem Strauch. Ich kenne dich, ich weiß, dass du dich umsiehst. Diese Vorgärten mit diesen Villen, die aussehen, als würde hier gleich der amerikanische Bürgerkrieg ausbrechen. Säulen, Veranda mit Hängematte und davor viel Platz. Und dazwischen die alten Kapitänshäuschen. Kulisse mit Elbblick. Hamburg in Hanglage.
Und dann bin ich die Treppe heruntergerannt und ihr entgegengekommen. Sie hat mich angelächelt. Erleichtert. Sie war dankbar, dass sie sich nun nicht mehr fürchten muss. Fürchten muss sie sich jetzt wirklich nicht mehr.
Ja, sie ist mir dankbar. Dabei hat sie das gar nicht verdient, denn sie war undankbar. Oh, ja. Der alte Mann hat das gesagt, und über seiner Stirn war eine Falte. Ja, auch du hast uns verlassen, Mama. Den alten Mann und mich. Einfach so. Wie kann man den alten Mann verlassen?
Du hast ihn doch geheiratet. Mit all deinem Geld als Reederswitwe. Doch wir sind in unserem Dreieck-Haus geblieben. »Das Geld ist angelegt«, hast du gesagt. »Das Geld fährt auf den sieben Weltmeeren.« Schiffsbeteiligungen.
Die zweite Ehe sollte das ganz große Glück bringen. Und der alte Mann war selten zu Hause. Mama, das war schön, wenn wir mit unserem Brotkorb, Kakao und der Decke an den Strand runter sind und an uns die Schiffe vorbeifuhren. »Wie sieht das Schiff aus, auf dem Papa der Kapitän ist?«, hab ich dich gefragt, und

du hast gelacht. »Kapitän? Der und Kapitän? Der schmiert die Dieselmotoren, der sieht nur einmal in der Woche den Himmel.« Das hast du gesagt, und ich hab es dir anfangs geglaubt, Mama. Der alte Mann ist Kapitän, und manchmal steht er auch am Ruder. Am Kap Hoorn war er Steuermann. Ich weiß es. Du hast nur gelacht, Mama. Der Kakao war ganz heiß, und zwischen den Brothappen knirschte der Sand. Und abends hab ich mich bei dir im Bett angekuschelt.

Und dann kam der alte Mann. Auf einer Trage. Gebrochene Hüfte und schief wieder angewachsen. »Das wird wieder«, hat der Arzt gesagt. Und dann hat er dagelegen und aus dem Fenster auf die Elbe gestarrt. Tag für Tag.

»Du musst dein Bein trainieren«, hat Mama gesagt, aber du wolltest nicht. Und dann hat der alte Mann nach den Beteiligungen gefragt, und du hast gleich losgeschrien. »Das geht dich gar nichts an.« Und dann war der alte Mann wütend. Wunden müssen bluten, damit sie sauber werden. Und dann kann sich Schorf bilden »Was will die mit all dem Geld?«, hat mich der alte Mann gefragt, und: »Wer hilft mir, wo ich jetzt ein Krüppel bin?«

Und Mama hat gesagt, das Geld ginge dich nichts an, ihr hättet Gütertrennung vereinbart. Ich habe das Wort genau gehört. Ich war in der Kiste. Der alte Mann hat mich hineingesteckt. Ein Loch zum Einatmen, ein Loch zum Ausatmen. Einatmen, ausatmen. Sonst wird dir schwindlig.

»Immer auf meine Knochen«, hat der alte Mann geschimpft. Und sie hat gesagt: »Was machst du mit dem Kind?« – »Der wird mal ein richtiger Mann«, hat der alte Mann gesagt, »... und nicht so ein Waschlappen.« Er hat auf die Kiste geklopft.
Einatmen, ausatmen. Ein richtiger Mann werden. Wie damals am Kap Hoorn. Nicht schwindlig werden.
»Es gibt kein Geld«, hat Mama geschrien, und dann war da ein dumpfer Knall. Ein Mann werden. Einatmen, ausatmen. Kein Waschlappen.
»Trotzdem, an die Witwenrente kommst du nicht ran. Niemals. Auch wenn du diese verdammte Treppe heruntergefallen bist.«
Irgendwann ließ sich der Deckel der Kiste öffnen. Ich hab vorsichtig hinausgeblickt. Der alte Mann hat am Fenster gesessen und den Schiffen nachgeschaut.
Er blieb jetzt zu Hause. Und Mama zog aus. »Hau doch ab zu deinen Wirtschaftswunderbaronen. Geh zu diesem Reedergesocks«, hat der alte Mann gesagt und nicht aufgehört, aus dem Fenster zu starren. »Schlampe«, hat er gesagt und es ganz leise wiederholt. »Schlampe.«
Und dann waren wir allein. Mit der Kiste. Und manchmal hat der alte Mann mir seinen Arm erklärt. Ja, er kann seinen Arm erklären. Stück für Stück.

Und jetzt kommst du wieder, Mama. Läufst am Strandweg entlang, als wäre nichts passiert. Als hättest du nur mal eben das Haus verlassen. Zum Einkaufen.

Oder zum Friseur. »All das Geld, das du zum Friseur trägst«, hat der alte Mann geschimpft, und du hast gesagt: »Schließlich lebst du von meinem Geld. Such dir eine Arbeit. Auch an Land muss gearbeitet werden.«
Du hättest ihn in Ruhe lassen sollen, Mama. Und nicht wiederkommen. Woher bist du nur gekommen? Aus der Vergangenheit? Aus dem Kopf des alten Mannes? Wunden müssen ausbluten. Der ganze Dreck muss raus. Also bluten lassen, und erst dann darf der Schorf sich bilden.
Und du hast dich umgedreht und mich nicht gesehen. Einatmen durch das eine Loch, ausatmen durch das andere. In der Kiste überleben. Und dann bin ich dir entgegengekommen. Alt bist du geworden, Mama. Und wolltest schreien, und ich musste das Klebeband nehmen ...

Hamburger Abendblatt vom 15. Juni

Blankenese in Angst

Nun ist es traurige Wirklichkeit. Blankenese wird durch einen Serienmörder in Angst und Schrecken versetzt. Gestern Nacht entdeckten Anwohner im Blankeneser Treppenviertel eine unbekleidete Frauenleiche. Bei dem Opfer handelt es sich um Elke R. Die pensionierte Lehrerin wohnte seit zehn Jahren in einer Mietwohnung am Blankeneser S-Bahnhof. Auch in diesem Fall geht die Polizei davon aus, dass es keine Täter-Opfer-Beziehung gegeben habe. Alles deutet darauf hin, dass es sich um die Tat eines Serienmörders handelt, der auch den Mord an Elfriede J. verübt hat. Ihre Leiche wurde am 5. Juni in der Blankeneser Kirche entdeckt. Der Leiter der Sonderkommission, Kommissar Frederik Crohn: »Es gibt in beiden Fällen große Übereinstimmungen, was den Tathergang und das Vorgehen des Täters betrifft.« An der Leiche von Elke R. wurden Spuren einer Folter mit einem Messer gefunden. Auch sie wurde vergewaltigt. Ob es sich um die gleiche Tatwaffe handelt, soll bei der Obduktion geklärt werden. Mittlerweile bat die Polizei die weibliche Bevölkerung Hamburgs um besondere Vorsicht. »Gefährdet sind vor allem Frauen ab 40 Jahren«, glaubt Kommissar Crohn. Zu den Motiven des Täters gebe es zwar Vermutungen, doch die seien »reine Spekulation«. Dass auch bei diesem Opfer ein kreuzähnliches Zeichen in die Haut geritzt wurde, konnte Crohn bestätigen. Wurde dem ersten Opfer noch ein Davidstern in die Haut geschnitten, handelt es sich bei der zweiten Einritzung um ein Gebilde, das einem »Anker ähnelt«. Ob es sich bei dem Täter um einen religiösen Fanatiker handelt, wollten die Ermittler weder bestätigen noch dementieren. »Wir setzen all unsere zur Verfügung stehenden Kräfte an diesen Fall«, versicherte der Innensenator. Die Polizeistreifen in Blankenese wurden verstärkt. Nicht ausgeschlossen werden könne allerdings, dass der Täter auf andere Stadtteile ausweicht.

Ein klares Muster sei bei dem Täter nicht zu erkennen. »Polizeipsychologen versuchen, ein Profil des Täters zu erstellen«, sagt Crohn. Was diese Taten ausgelöst habe, sei ungeklärt. Möglicherweise versuche der Täter, sich an jemandem aus dem Bekanntenkreis oder an einer Familienangehörigen zu rächen.

Alter Mann, irgendwo habe ich gelesen, dass du mich trotzdem hören kannst. Auch wenn du gerade nicht bei Bewusstsein bist. Alter Mann, ich liebe dich. Ich habe dich immer geliebt. Und ich habe dich immer bewundert. Du wirst diese Krise überstehen. Du hast Kraft. Wir werden an der Elbe entlanglaufen, und du wirst mir vom Kap Hoorn erzählen. So wie du den Touristen immer vom Kap Hoorn erzählt hast. Von deinen Fahrten. Damals, als du noch jung warst und die Frauen noch nicht dein Leben zerstört hatten.

Damals mit der Nase im Wind und unter dem strengen Kapitän Lüders. Den Schiffsbauch voller Salpeter. Für das Schwarzpulver. Und dann ging es um das Kap der Stürme, durch die Waschküche des Teufels. Über euch der Albatros und unter euch die Haie und dazwischen ein Schiff, das es unbedingt auf Kurs zu halten galt, sollte es nicht mit Mann und Maus untergehen. Du hast dich gegen die Brecher gestemmt, alter Mann, ich weiß es noch. Dann ging dein Freund über Bord und wurde nie wieder gesehen. Und der schnieke gekleidete Erste Offizier kotzte ins Meer. Was hattet ihr noch gleich geladen? Kohle und Eisen, und auf der Rücktour kamen Salpeter und Guano in den Schiffsbauch. Du hast dir immer die Nase zugehalten, wenn du das Wort »Guano« gesagt hast. »Weißt du, was das ist?«, hast du mich gefragt. »Neee«, hab ich gesagt, obwohl du es mir schon hundertmal erzählt hast. »Vogelscheiße«, hast du gesagt. Und gelacht: »Du Waschlappen hättest das gar nicht ausgehalten.«
Ja, ich bin ein Waschlappen. In der Kiste sitzen, durch das eine Loch einatmen, durch das andere ausatmen. Ein Mann werden. Wir sind auf die Frauen nicht angewiesen. Sollen sie doch bleiben, wo der Pfeffer wächst. Und wo wächst der Pfeffer? Irgendwo hinter dem Kap Hoorn, ja, alter Mann. Ich habe aufgepasst. Einatmen, ausatmen. Ein Mann werden.
Besser, sie gehen dir aus dem Weg. Sie kosten nur Kraft, und du brauchst all deine Kräfte. Und was hat deine Frau hier auch verloren? Schließlich hat sie dich

verlassen. Soll sie doch bei ihrem Reedergesocks bleiben. Doch dann geht sie unten am Strandweg entlang, und ich weiß, sie will zu dir, alter Mann. Was will sie von dir? Was hat sie hier zu suchen?

Sie hat mich aus der Kiste geholt, wenn du in den Blankeneser Krug gegangen bist. Komm raus, hat sie geflüstert, und ich habe gesagt, nein, ich muss hier drinbleiben. Und dann hat sie versucht, mich herauszuziehen. Obwohl wir mitten im Dreieck-Haus waren, begann der Fußboden zu schwanken. Die See geht hoch. Was ist, wenn der alte Mann nach Hause kommt? Das Thermometer fällt unter null Grad. Kaum noch Proviant und Wasser an Bord. Die halbe Mannschaft liegt mit Skorbut und Typhus in den Kojen. Wasser bricht ein. 99 Tage kämpft sich das Schiff um das Kap. Ja, alter Mann, da ist die Kiste nichts dagegen ...

Und dann war sie weg. Mutter ist einfach gegangen. »Soll sie doch«, hast du gesagt, »wir kommen auch allein zurecht.« Sie hat mich nicht mehr aus der Kiste gezogen. Der alte Mann hat mich herausgeholt. Und manchmal hat er mich auch darin vergessen. Luft durch das eine Loch einziehen. Luft durch das andere Loch ausstoßen.

Und dann steht sie da unten, und ich sage »Guten Abend«, und sie sagt »Guten Abend«, und in ihren Augen flattert die Angst. »Mutter?«, sagte ich. Sie sieht das Messer in ihre Haut fahren und blickt mich ungläubig an. Sie bereut. Alles, was sie getan hat, alles, was sie dem alten Mann angetan hat. Ein feierlicher

Augenblick. Kannst du dir das vorstellen, Frederik Crohn? Leibhaftig vorstellen? Diesen Augenblick der Wahrheit. Wenn alles in ihrem Fleisch versinkt? Wunden muss man ausbluten lassen. Ein Kreuz zum Auskreuzen und ein Herz für das Abschiednehmen. Alter Mann, ich werde dich drehen in deinem Bett. Nicht, dass du mir noch faule Stellen bekommst. Du warst doch immer unterwegs, immer aufrecht. »Ein Mann steht nicht«, hast du gesagt, »ein Mann geht.« Oder er traut sich auf das Meer. Ja, ich werde ein richtiger Mann. Einatmen. Ausatmen.

Hamburger Abendblatt vom 16. Juni

Taten eines Wahnsinnigen?

Die Hamburger Polizei rechnet mit weiteren Taten des Serienmörders, der mittlerweile den Beinamen »Kreuz von Blankenese« erhalten hat. »Er tötet in einer Art Blutrausch«, sagt der Leiter der Sonderermittlungskommission, Frederik Crohn. Der Mann töte in Vertretung. Es müsse einen Auslöser gegeben haben, der diese Gewalttaten in Gang gesetzt habe. Noch verstehe man das Muster nicht. Auffällig sei, dass der Mörder seine Opfer an prägnanten Orten Blankeneses ablege. Im normalen Leben würde der Täter überhaupt nicht weiter auffallen. Wahrscheinlich gehe er einer ganz normalen Arbeit nach, vermutet Crohn. Es sei nicht einmal klar, ob er sich am nächsten Tag an seine Taten erinnern würde. Die Brutalität, mit denen die Morde ausgeführt würden, lasse auf eine äußerst schwere psychische Störung schließen. Die Polizeistreifen sind durch weitere Fußstreifen verstärkt worden. Auch Polizeipsychologen aus anderen Bundesländern habe man zu den Ermittlungen hinzugezogen. Die so genannten Profiler, die ein Psychogramm des Täters erstellen, würden eng zusammenarbeiten. Alle Täter, deren frühere Taten Ähnlichkeiten mit den Morden in Blankenese aufwiesen, würden überprüft. »Dieser Fall hat absolute Priorität«, heißt es in einer Verlautbarung der Polizei.

Psychokotze, mein lieber Frederik. Du versuchst, mich aus der Reserve zu locken. Verstärkte Streifen, dass ich nicht lache. Ihr sucht ein Phantom. Eine mordende Bestie. Aber ich bin nur ein Wille, nein, ich bin der Arm eines Gedanken. Ich bin das Messer eines ganzen Lebens. Ich bin das Beil in der Hand des alten Mannes.
Was ist mit deinem Vater, Frederik? Ich bin mir sicher, du würdest das verstehen. Du müsstest nur einmal dabei sein. Wenn ich es auskreuze, dann ist das ein feierlicher Augenblick. Ich schneide mit voller Konzentration. Der Schmerz kommt erst danach. Es ist die Angst, die die Wunde ausbrennt.
Sie sehen dich überrascht an, ein wenig ungläubig, und sie wissen genau, was passieren wird, und dann erst kommt die Angst und dann der Schmerz. Sie wimmern. Und wenn ich das zweite Zeichen hineinschneide, dann sind sie meistens schon ganz stumm. Es ist Stille, und dann bin ich mit ihm zusammen. Keine Frau steht zwischen uns. Niemand, der unser Band zerschneiden kann. Wir beide auf großer Fahrt um Kap Hoorn.
Rauer Wind.
Ich habe versucht, ihm Hustensaft einzuflößen. Wenn er wieder auf den Beinen ist, sollte ich ihm vielleicht einen kleinen Hund schenken. Ein Hund, der hält ihn auf Trab. Wer rastet, der rostet, und so ein Hund, der muss doch jeden Tag raus. Frische Luft. Gut für den alten Mann. Und gut für ... Frederik? Kommissar Frederik

Crohn, ich habe dich gesehen. Du standest auf der Treppe und hast hinunter auf die Absperrung geblickt. Ich hätte dich für dicker gehalten. Du hast mit deinem Kollegen geredet. Ich bin an der Treppe an dir vorbei, und da haben wir uns kurz berührt. Frederik, du hast nach einem Parfum gerochen. Fruchtig.
Der alte Mann mag das nicht. Ein Mann sein, Frederik, nicht nach Parfum stinken. Nicht weibisch sein, Frederik. Dein Bart war stoppelig, und deine Augen flackerten. Und du hast schöne Lippen. Geschwungen wie der Flügel einer Möwe, nein, wie der Flügel von einem einsamen Albatros. Wir passen zusammen. Und du hast offene Augen, Frederik. Gute Augen. Du arbeitest zu viel. Dabei ist es doch einfach. Du hast zu deinem Kollegen gesagt, dass ihr alle Mülleimer in der näheren Umgebung untersuchen müsst. Und alle Mülltüten. Und dann hast du noch gesagt, es fehlt etwas.
Ja, Frederik, es fehlt etwas. Ihr habt nicht aufgepasst. Ich bin nach Hause und habe ein Geschenk für dich ausgesucht. Ein Puzzle. Das Kap Hoorn im sich langsam lichtenden Nebel. Undeutlich und ganz unwirklich ragen die Felsen in das Meer. Davor kämpft ein Segelschiff in der Dünung. Ich habe auf die Puzzleteile die Buchstaben deines Namens geschrieben. Und ein Teil habe ich behalten. Dort, wo Felsen zu sehen sind. Und ein wenig Strand. Da, wo Anna angeschwemmt wurde. Lieb Schwesterlein, magst ruhig sein. Böse Schwester. Hast gesagt, der alte Mann ist nie zum Kap Hoorn

gesegelt. Hast behauptet, dass er dich in die Kiste gesperrt hat. Und gekommen ist. In der Nacht. Zu dir. Was hat er dir getan, der alte Mann? Warum hasst du ihn so? Warum lügst du? Warum hast du ihn so beschimpft? Und dann hast du mich angefasst. Und du hast mich geküsst, und jetzt schicke ich dich zu Frederik. Zu Kommissar Frederik Crohn. Du bist das fehlende Puzzlestück. Und ich werde seinen Namen darauf schreiben. Anna, du weißt. Dieses Loch im Universum hat einen Umriss. Wetterhexen muss man den Kopf abschlagen. Das verstehst du doch?
Ich habe die Post in einen Müllbeutel getan und auf die Stufen von Stehrs Treppe gelegt. Frederik, such die leere Stelle. Hopp, hopp, hopp, Pferdchen, lauf Galopp ... fällt er in den Graben, fressen ihn die Raben.
Ich habe dich gesehen, Frederik. Und ich habe dich berührt.

Hamburger Abendblatt vom 18. Juni

Polizeiarbeit auf Hochtouren

Die Wände der vier Einzelbüros sind herausgetrennt. Überall stehen Tische mit Monitoren. Auf dem Boden schlängeln sich Schnüre. Faxgeräte surren. In dem von Rauchschwaden vernebelten Raum sitzen die Sonderermittler und versuchen, ein Netz über den Blankeneser Serienmörder zu werfen.
»Wir haben uns entschlossen, in diesem Fall unsere Karten offen zu legen. Die Bevölkerung soll damit aufgefordert werden, uns bei den Ermittlungen zu helfen«, sagt Frederik Crohn, Leiter der Sonderkommission. Fieberhaft versuchen die Ermittler, Muster in den Taten des Mörders zu entdecken. »Ehrlich gesagt, haben wir mehr Fragen als Antworten«, sagt ein Kollege Crohns. Er hält den Kontakt zu Profilern des FBI. »Wir nutzen all unsere Verbindungen, um den Mörder möglichst schnell dingfest zu machen. Uns läuft die Zeit davon.« Täglich rechnen die Polizisten damit, dass der Täter wieder zuschlägt. Bei den Opfern wurden verschiedenen Einritzungen entdeckt. Ergeben die eine Spur? Crohn: »Beim ersten Opfer wurde neben dem Kreuz ein Davidstern entdeckt. Auf der Haut des zweiten Opfers ein Anker.« Also doch kein religiöser Fanatiker? »Der Mann mordet mit vollem Kalkül. Er kundschaftet die Tatorte vorher aus und ist auf jede Kleinigkeit

vorbereitet. Das Ganze läuft ab wie ein Uhrwerk. Und zwar auf bestialische Weise.«

Ein klingelndes Telefon unterbricht den Kommissar. Die Pathologie hat die Stichkanäle genau untersucht, um so einen Hinweis auf die Größe des Täters zu finden. »Fehlanzeige«, sagt Crohn. »Er führt das Messer von unten nach oben. Es handelt sich dabei wahrscheinlich um ein handelsübliches Küchenmesser. Mit dem ersten Stich werden die Opfer in der Regel nur verletzt. Anschließend werden sie gefesselt.«

Könnten diese Einzelheiten für Panik in der Bevölkerung sorgen? Crohn nickt. »Wenn das Ergebnis dieser Panik darin besteht, dass man im Dunkeln das Haus nicht mehr allein verlässt, dann geht das schon in Ordnung.« Inzwischen haben die Hamburger Taxiunternehmen einen Bringe- und Begleitservice angeboten. Die Fahrgäste werden von den Fahrern bis zur Haustür gebracht. Die Polizei hat jeden verfügbaren Mann eingesetzt. Urlaube wurden gestrichen und Überstunden verordnet. »Die Situation ist wirklich dramatisch.« Crohn ist sich sicher, dass der Täter auf der Suche nach weiteren Opfern ist. Erfahrungen mit Serientätern hat er in den USA gesammelt. Dort arbeitete Crohn im Rahmen eines Austauschprogramms ein Jahr lang bei der New Yorker Polizei.

»Jeder Serienkiller folgt einem anderen Muster. Man muss lernen, es zu lesen. Wir müssen es übersetzen wie etwa ägyptische Hieroglyphen.« Gibt es Gemeinsamkeiten, die jeder Täter aufweist? Crohn nickt:

»Macht. Es geht immer um die Macht über das Opfer. Zu genießen, dass es wehrlos ist, dass der Täter allmächtig ist. Und diese Macht muss er sich beweisen. Beispielsweise durch eine Vergewaltigung oder durch Rituale.«

Auf dem Computerschirm blinkt ein Briefsymbol. Eine Mail aus den USA. Man hat dort alle Täter abgeglichen, die irgendein Zeichen in die Haut ihrer Opfer geritzt haben. Keiner von ihnen könne sich in Hamburg aufhalten. Bis auf zwei Täter, die niemals gefasst wurden und seit ihren ersten Taten nicht mehr in Erscheinung getreten sind.

Kann dieser Albtraum also auch von heute auf morgen aufhören? »Möglich, aber sehr unwahrscheinlich«, sagt Crohn. Der Täter suche mit seiner Tat eine Befriedigung. »Doch die ist nur von kurzer Dauer, und dann baut sich die Spannung erneut auf.« Dabei vergreife er sich nur selten an dem eigentlichen Objekt seines Hasses. »Er tötet in Vertretung. Sei es aus Rache wegen einer Vergewaltigung in der Kindheit oder einer anderen seelischen Verletzung. Die Motive variieren sehr stark.«

Ein Ermittler legt ein Fax auf Crohns Schreibtisch. Crohn stößt mit einer fahrigen Bewegung gegen seinen Kaffeebecher. Ein paar Spritzer landen auf der Computertastatur. Er wischt den Fleck mit dem Ärmel seines Pullovers ab. »Wir versuchen, aus seinem Vorgehen Rückschlüsse zu ziehen. Wie hat er die Frauen geknebelt? Wie ihnen die Fesseln angelegt? Hat er sie

angesprochen oder hinterrücks überfallen? Es ist ein Puzzle.«
Crohn zeigt auf einen Tisch. Hier wurde ein Puzzle zusammengesetzt. »Eine Darstellung Kap Hoorns«, sagt Crohn. »Wir haben es in einer Mülltüte gefunden. Es wurde auf besondere Weise markiert. Wir glauben, dass es vom Täter stammt. Es sieht so aus, als wolle er uns etwas sagen.« Zu seinem Machtgefühl gehöre, seine Taten öffentlich zu machen. »Alle sollen es sehen.«
Und das fehlende Teil? Ein Kollege Crohns beugt sich über das Puzzle. »Ein Stück vom Ufer. Möglich, dass er damit seine nächste Tat ankündigen will. Er will uns zeigen, dass er auch Macht über uns hat.«
Inzwischen würden alle Strandabschnitte in Blankenese rund um die Uhr überwacht. Man hätte jede Menge Leute vor Ort, aber niemand könne sagen, ob er tatsächlich in Blankenese oder vielleicht in Altona oder in Teufelsbrück zuschlägt. »Wir können nicht ganz Hamburg überwachen.« Das Ganze sei eine leere Stelle inmitten eines Puzzles.
Ein Kollege reicht Crohn einen Stapel Papiere und fragt, ob es bei dem Meeting um 14 Uhr bleibe. Crohn nickt und reibt sich die Augen. Auf die Frage, wie lange er denn schon im Dienst sei, winkt Crohn ab. »Kein Problem, nebenan ist ein leer geräumtes Büro mit drei Feldbetten.« Wieder reicht ihm ein Kollege einen Stapel Papiere. »Vorläufige Ergebnisse der Spurenauswertung.« Sisyphusarbeit. Jede Zigarettenkippe, jedes Taschentuch, alles, was im Umkreis des Tatortes

liege, werde eingesammelt und auf Spuren untersucht. Mit einem Fehler des Täters rechnet Crohn nicht. Nein, er gehe sehr intelligent vor. Und er müsse sich in der Gegend auskennen. Schließlich habe er seine Opfer an zwei markanten Orten Blankeneses abgelegt. Auffällig sei auch die Art der Knebelung, bei der er zwei kleine Löcher in das Paketband geschnitten habe. »Er will nicht, dass die Opfer ersticken.« Crohn geht zu dem Meeting. Um seine Augen haben sich die Falten tief eingegraben. »Aber wir haben durchaus etwas. Wir wissen, dass er sich in der Lebensmitte befindet und sich bei seinen Taten vorkommen muss, als wäre er in einem dunklen Wald.«

Frederik, das hast du schön gesagt. Du willst mit mir spielen. »In der Lebensmitte«. Ich weiß, wo du das hergeholt hast. Es ist ein bunter Luftballon. Peng. Aus Dantes Göttlicher Komödie. Die Hölle, erster Gesang:

»Auf unsers Lebenspfades Mitte fand
Von einem dunklen Wald ich mich umfangen,
Weil ich vom rechten Weg den Schritt gewandt.«

Siehst du, es ist in meinem Kopf. Und du? Suchst das leere Puzzle und hast es längst in deinem Leichenschauhaus. Ach Frederik, ich fürchte, du bist kein Gegner. Gib dir Mühe, Frederik. Sei ein Mann.

Du tust mir Leid. Auch ich war kein Gegner für den alten Mann. Gestern hat er die Augen geöffnet und mir zugeblinzelt. Ich musste wieder an unsere Spaziergänge an der Elbe denken. Und wie ihn alle gegrüßt haben. Ein ehrenvoller Mann. Einer, der zu ihnen gehört. Du hast die Touristen herumgeführt und ihnen von unserem Blankenese erzählt. Vom Taufbecken, dem ältesten Blankeneser Stück, von den Schauenburger Grafen und unserer Herkunft aus dem Örtchen Dockenhuden. Und du hast vom Kap Hoorn erzählt. Du stehst da auf einem Stein, deine Elbsegler-Mütze auf dem Kopf, und breitest die Arme aus: »Der erste Blankeneser Schiffer, der Kapitän und Reeder Hein Kröger, umrundet als erster Blankeneser im Jahr 1848 mit seiner Schonerbrigg ›Maria‹ die sturmgepeitschte Südspitze Amerikas.« Alle hörten dir zu. Gebannt. Du wusstest das alles. Von den Brasilienfahrten der Blankeneser Frachtschiffe, von Breckwoldts »Sittsamem Badeschiff für Damen und Herren«. Ja, du wusstest alles. »Von der Pike auf.« Ich war immer so stolz auf dich. Keiner von den Neureichen, die mit all ihren Millionen den Süllberg zupflastern. Hier Bauhaus-Bunker und Südstaaten-Kitschvillen hersetzen. Die hast du gehasst, alter Mann. Wir waren glücklich in unserem Dreieck-Haus. Und als alle vom Schrei auf dem Wrack der »Uwe« tuschelten, da hast du gelacht. »Natürlich«, hast du gesagt und heftig genickt, »da war eine Deern drauf, und die ist untergegangen. Und dann hat sie der Klabautermann geholt«. Und dann

hast du mir die Geschichte erzählt, wie dem Klabautermann schlecht wurde. Und ich habe dich geliebt.
In die Kiste passte ich nicht mehr hinein.
»Du musst das verstehen«, hast du gesagt. Ich verstehe. Ein Mann werden. Einatmen durch das eine Loch, ausatmen durch das andere. Und lass die Finger von den Frauen, du siehst ja, was sie anrichten können. Ja, alter Mann, ich sehe.
Aber Frederik, du siehst es nicht. Auch ein Loch in einem Puzzle ist nur eine Aussparung. Gibt es Löcher im Universum, Frederik? Such den fehlenden Stein. Ich werde ihn dir schicken, Frederik. Eingewickelt in ein Kondom. Sie hat mich berührt, Frederik. Sie ist meine jüdische Schwester, und sie hat mich berührt. Ihre Finger waren wie Glasaale, und sie krochen an mir herum, und sie wollte mich in den Arm nehmen. Mich! Ausgerechnet. »Ich weiß, was du durchgemacht hast«, sagt sie. Und sieht mich an.

Hamburger Abendblatt vom 19. Juni

Serienmord in Blankenese:
Noch keine Spur

»Wir haben zwar einen genetischen Fingerabdruck, aber da wir nicht wissen, ob der Täter aus Blankenese stammt, hat es wenig Sinn, einen Abgleich vorzunehmen. Außerdem können wir nicht alle Männer unter eine Art Sippenverdacht stellen.« Der leitende Kommissar Frederik Crohn schüttelt mit dem Kopf. Nein, man müsse eindeutige Spuren finden, die direkt zum Täter führen. In einem abgetrennten Raum, gleich neben der Einsatzzentrale, in der alle Ermittlungsstränge der Polizei zusammenlaufen, liegen auf riesigen Tischen die eingesammelten Spuren. Alte Zeitungen, Zigarettenkippen, zehn Plastiktüten, alte Milchtüten, Essensreste, ein Fahrradschloss, durchnässte Papiertaschentücher. »Wir untersuchen alles«, sagt Crohn. »Wir sind ständig mit dem Büro des Innensenators in Kontakt. Wenn wir Unterstützung brauchen, können wir sie aus dem gesamten Bundesgebiet anfordern.« Diese Art von Täter zu fassen sei besonders schwer, weil er seine Opfer spontan auswähle. Dennoch ist sich Kommissar Crohn sicher: »Wir werden ihn in die Finger bekommen. Es ist nur eine Frage der Zeit.«

In deine Finger, Frederik? Davor habe ich keine Angst. Aber ich will es nicht. Auch den alten

Mann haben sie in die Finger gekriegt. Um den Finger gewickelt. Ich wusste immer, dass es nicht gut enden kann. Es war im Mai, und er hat diese Frau gesehen. Diese Schauspielerin. Alter Mann, du weißt, du bist ihr hier begegnet und hast mit ihr geredet und konntest keine Ruhe mehr finden. Ich musste neben dir sitzen, wenn sie im Fernsehen zu dir sprach. Wir hatten Fernsehen in unserem Dreieck-Haus.
»Sie spielt nur für mich«, hat der alte Mann gesagt. Aber sie hat dich nur aus der Ferne glücklich gemacht. Deine Augen haben gezittert und deine Mundwinkel. Und du hast zu viel getrunken. Und du warst mir fremd. Du hast nicht mehr vom Kap Hoorn erzählt. Von der weiten Welt. Du hast es ihr erzählt.

Ein Mann braucht das, hast du gesagt. »Dann und wann.« Und dann bist du zu ihr gegangen. In ihr Haus. Oben auf dem Hügel. Und es ging nur einen Monat gut. Sie hat dich abgespeist wie einen Bettler, und dann hast du wieder auf der Kiste gesessen und aufs Meer hinausgeschaut. Allein. Und traurig. Und ich konnte dir nicht helfen, alter Mann. Du hast nicht mehr geredet. Du hast gesagt, das wäre nicht mehr deine Welt. Deine Welt riecht nach Kohle und Salpeter, in deiner Welt scheißt einem die Möwe auf den Kopf, und die Gischt spritzt dir ins Gesicht.
Aber wir sind doch zusammen, alter Mann. Sind wir zusammen? Frederik, du wirst dich da nicht einmischen. Schön, du möchtest spielen. Wir hatten gestern

Nebel über der Elbe. Die Meerhexen waren da. Ich habe ihnen den Kopf abgeschlagen, und im Nebel habe ich sie getroffen. Sie tauchte einfach aus der Vergangenheit auf. Sie sah immer noch aus wie die große Schauspielerin. Nur jünger. Hat sich liften lassen. Alter Mann, du würdest lachen. Du wirst älter und krank, und sie lässt sich liften! Das hast du nicht verdient, alter Mann. Gleich hinter Sagebiels Fährhaus ist sie mir entgegengekommen. Feine Gesellschaft, was? Da hat der alte Mann nichts zu suchen. Was willst du noch hier? Deine Zeit ist vorbei. Ein Kreuz.
Sie war ganz leicht. Ich habe sie in einer großen Tasche heruntergetragen. 50 Kilo sind kein Gewicht. Ja, alter Mann, du hast Kaffeesäcke geschleppt. Jeder 50 Kilo, und wenn es geregnet hat, das Doppelte. Ja, alter Mann, grüner Kaffee riecht ganz besonders.
Sie hat auch gut gerochen, alter Mann. Ich werde sie Frederik schenken. Hörst du, Frederik? Hör auf den Schrei der »Uwe«. Hörst du sie schreien? Hat der alte Kapitän sie doch mit an Bord genommen und ist mit ihr untergegangen. Und keiner von der Mannschaft wollte mehr etwas von ihr wissen. So eine holt der Klabautermann. Eine Frau hat auf einem Schiff nichts zu suchen. Und ich, Frederik, ich habe sie dir zurückgebracht.
Den alten Mann hätte sie nur aufgeregt. Sie ist weggekreuzt, Frederik. Nebel in Blankenese, Frederik. Hast du gut geschlafen? Sie hat Claire geheißen. Kannst du es lesen, Frederik? Ich habe es auf ihren Bauch ge-

schrieben. Damit ihr seht, was ich sehe. Damit ihr wisst, wer sie war. Warte, Frederik, warte, bis sich der Nebel verzogen hat.

Hamburger Abendblatt vom 20. Juni

Wieder Mord in Blankenese

Trotz des großen Polizeiaufgebots und eindringlicher Warnungen an die Bevölkerung hat der als »Kreuz von Blankenese« bezeichnete Serientäter erneut gemordet. Im Morgengrauen entdeckten Polizisten einen Arm, der aus dem Schiffswrack der »Uwe« am Falkensteiner Ufer heraus in den Himmel zeigte. Wieder war die Leiche unbekleidet, und wieder scheint eine Vergewaltigung der Tötung vorausgegangen zu sein.

Näheres will die Polizei erst nach der gerichtsmedizinischen Untersuchung veröffentlichen. Über die Identität der Toten ist bislang noch nichts bekannt.

Kommissar Frederik Crohn, leitender Kommissar der Sonderkommission: »Wir haben die Strandabschnitte überwacht. Es ist unmöglich, dass durch unsere Polizeireihen jemand eine Leiche transportiert haben könnte.« Wegen des Wetters seien die Beobachtungsposten besonders dichtmaschig aufgestellt gewesen. »Die einzige Möglichkeit ist, dass er mit einem Boot von See aus die Leiche an Bord des Heckteils gebracht hat.« Auf die Frage, ob denn der Fundort einen Hinweis auf den Mörder oder seine Motive geben könnte, wollte Crohn noch keine Stellung beziehen.

Hintergrund

Die »Uwe« ist nicht an ihrem jetzigen Lagerungsort untergegangen. Am 19. Dezember 1975 war das Schiff bei dichtem Nebel um 17.03 Uhr auf der Elbe vor Wittenbergen mit dem Motorschiff »Mieczylaw Kalinowski« und der »Wiedau« zusammengestoßen. Die »Wiedau« und die »Uwe« sanken sofort, ein Besatzungsmitglied der »Uwe« verlor das Leben. Mit einer 600-Tonnen-Ladung Kupferschlacke war die »Uwe« innerhalb von Sekunden untergegangen. Das Schiff befand sich auf einer Routinefahrt von der Norddeutschen Affinerie zum Nord-Ostsee-Kanal. Es brach in der Mitte auseinander. Zunächst wurde die »Wiedau« geborgen, dann die unter ihr bereits versandete »Uwe«. Die Harmstorf -Werft versuchte, das Schiff mit Bergungsdrähten zu heben. Dabei wurde es in vier Teile zerschnitten. Zwei Teile wurde verschrottet, das Heckteil blieb bei der ehemaligen Werft am Falkensteiner Ufer liegen, als die Firma Harmstorf sich auf die Kabel- und Pipeline-Verlegung konzentrierte. Der letzte Komplementär der Firma, Harald Harmstorf, starb 1997. Das Wrackteil liegt am Rand der Fahrrinne und wird vom Amt für Strom- und Hafenbau ohne weitere Beaufsichtigung gelassen. Kurz nach dem Untergang der »Uwe« machte ein veritables Seemannsgarn die Runde. Danach wollen Mannschaftsmitglieder bei der Kollision der Schiffe den Schrei einer Frau gehört haben. Der sei aus dem Inneren der »Uwe« gekommen.

Eine Untersuchung des Hecks der »Uwe« durch Polizeitaucher ergab jedoch keinerlei Anhaltspunkte für den Tod einer Frau.

Der alte Mann schläft wie ein Baby. Sein Atem ist ruhig. Heute hat er in die Sonne geblinzelt und mich angestrahlt. Er hat so viel gegessen wie die letzten Tage nicht mehr. Matjes, hat er geflüstert und brav seinen Brei gegessen. Wir dürfen seinen Magen nicht zu sehr belasten. Die Verdauung muss langsam wieder in Gang kommen. Vielleicht kann er wieder Touristen durch Blankenese führen. Mit seinem Hund. Vom Elblotsen zum Touristen-Lotsen. Hat er immer gesagt. Und gelacht. Er braucht eine Aufgabe, der alte Mann, sonst wird er sich wieder auf seine Kiste setzen. Alter Mann, du wirst mich wieder beschützen. Wie damals, als du über den Schrei in der »Uwe« gelacht hast. Und dann hast du mich mit Klaus gesehen. Klaus ist ein schlechter Mensch, hast du gesagt. Und wie der dich umarmt. »Ist der nicht Balletttänzer?«, hast du gesagt, und dann: »Alle Balletttänzer sind schwul.« Aber Klaus war gar kein Balletttänzer. Klaus hat mich angefasst, und es war warm. Klaus hat mir zugehört, und er hat mich nur ganz sachte berührt. Wie konnte ich denn wissen, dass er böse ist, alter Mann? Als du uns überrascht hast, als die Schlepper das Heck der »Uwe« zum Ufer gezogen haben, da hast du Klaus geschlagen. Und Klaus hat geblutet. Wunden müssen ausbluten. Ja, ich weiß, alter Mann. Klaus hat mit seinem Fuß etwas in den Sand geschrieben. Seinen Namen und meinen Namen. Er hat kein Herz herumgemalt. Du bist auf ihn zugerannt und hast ihn geschlagen. »Nicht in meiner Familie«, hast du geschrien, »nicht in meiner Familie.« Und es ist alles ganz rot geworden, und es hat gerauscht, und ich habe das alles nicht verstanden. Ich bin doch schon zu groß für die Kiste. Bin ich doch, oder?

Hamburger Abendblatt vom 22. Juni

Täter gefasst?

Wie die Polizei mitteilt, hat es eine Festnahme im Zusammenhang mit den Serienmorden in Blankenese gegeben. Der Mann habe sich gestellt. Als Motiv für seine Morde nannte er »Hass auf die Blankeneser Bevölkerung«. Jahrelang sei er regelrecht ausgegrenzt und gemobbt worden. Im Übrigen stehe er zu seinen Taten. Die Polizei verhört den Verdächtigen intensiv und wollte zu diesem Zeitpunkt keine weiteren Informationen veröffentlichen.

Es fehlt etwas, nicht, Frederik? Ich kann sehen, wie du auf dem Wrack der »Uwe« jeden Zentimeter absuchen lässt. Du suchst das fehlende Puzzleteil. Dabei hast du es längst gefunden. Schau es dir an, dieses Loch im Universum.

Nein, Frederik, es gehört nicht zu Claire. Nein, dummer Frederik. Ich sehe, wie du dein Hirn zermarterst. Weggespült von der Flut? Hinauf ins Meer? Nein, dummer Frederik. Hör den Schrei auf der »Uwe«. Ja, schick deine Leute weg. Sie sollen den Verdächtigen verhören. Die Taucher schütteln mit dem Kopf. Such das Steinchen, Frederik. Ja, ein kleiner Spaziergang wird dir gut tun. Frederik, du musst nachdenken.

Frederik hat einen Nasenring. Und er weiß es nicht. Frederik, merkst du, wie an deinem Nasenring gezogen

wird? Hmh? Du steigst die Treppe zur Plattform am Leuchtturm hinauf. Kalt, Frederik, ganz kalt.
Liest du die Inschriften? »Ich liebe dich über alles. Dein Erdbeerchen«. Ja, wie lieben Erdbeerchen? Und wie liebt man »über alles«? So, wie ich dich liebe, alter Mann? Ist das »über alles in der Welt«?

»Vorsicht, Wellenschlag«, steht auf dem Schild. Und oben thront das Raumschiff Orion. Alistair MacLean auf Station. Und mit einem alten Bügeleisen über die Karten der Raumfahrer. Der Raumkreuzer Orion gegen die Frogs. Zehn-neun-acht-sieben ... Alter Mann, du konntest darüber nicht lachen. »Ist nicht meine Welt«, hast du gesagt, »nicht meine Welt.« Ja, sie ist ihm immer mehr weggebrochen. Ein Stück nach dem anderen fehlte. Kap Hoorn fehlt. Anna, mein Schwesterlein, sagt, du bist nie am Kap Hoorn gewesen. Alles Spinnerei, sagt sie. Sie lügt. Frauen lügen. Auch sie fehlt jetzt.

Hamburger Abendblatt vom 23. Juni

Vermeintlicher Mörder nur ein Spinner

Nach einem nur einstündigen Verhör ließ die Polizei den Verdächtigen Peter L. wieder laufen. Er hätte sich bereits mehrfach fremder Taten bezichtigt, sagte der Pressesprecher der Hamburger Polizei. Zuletzt sei er aufgefallen, als er behauptete, der »Drahtzieher hinter Fritz Honka« zu sein. »Trotzdem müssen wir dem natürlich nachgehen«, ergänzte der Sprecher. Peter L. trete immer wieder mal als vermeintlicher Täter auf. Eine Zeit lang hätte er sogar den Polizeifunk abgehört, sei zu den Tatorten gefahren und habe sich nach einem »Geständnis« dort verhaften lassen. Dieses Verhalten sei weit verbreitet. Psychologen vermuten, dass diese Menschen unter schweren Schuldgefühlen leiden, die sie zu der Rolle als Sündenbock greifen lassen. Mit dem Bekennen einer fremden Tat glauben sie eine Art Buße geleistet zu haben. Damit würden sie sich von ihrem psychischen Druck befreien.

Du bist wieder da, Frederik. Ich kann dich gut mit meinem Fernglas erkennen. Suche auf dem Anleger. Warm, Frederik, es wird langsam wärmer. Suche bei der Glocke. Der Kopf meiner Schwester hatte einen schönen Klang. Dong. Dong. Über der Elbe verweht. Und keiner hat es gehört. Wetterhexen muss man den Kopf abschlagen. Du denkst, Frederik. Und

du siehst dir ein Foto mit meinem Puzzle an. Ja, Frederik, das fehlende Puzzlestück hat die Form einer Glocke. Ah, du begreifst! Es ist das, was nicht da ist. Kleben noch ein paar Haare an der Glocke? Und ein bisschen ... ja, Wunden müssen ausbluten, Frederik. Es wird wärmer, du bist schon ganz nah, ja, Frederik, ich kann dich durch das Fernglas sehen. Dong. Dong. Sieh, was an dem Klöppel hängt.
An der Glocke, die hier eine Firma mit Dank an die Blankeneser Bevölkerung aufgehängt hat. Auch ich habe zu danken. Du streifst deine Gummihandschuhe über. Heiß, Frederik, ganz heiß. Frederik, du hast das Papier, in dem deine Handschuhe eingewickelt waren, einfach auf den Boden fallen lassen. Frederik, wie unachtsam. Du weißt, mit Spuren muss man vorsichtig umgehen. Behutsam. Sie sind wie kleine Ameisen auf einer Ameisenstraße. Aber was ist, wenn sie sich kreuzen? Die Wege der Ameisen? Wer geht zuerst, wer lasst den anderen durch? Hast du eine Antwort?

Hamburger Abendblatt vom 25. Juni

Neues Opfer entdeckt

Die Zahl der Opfer des Blankeneser Serienmörders hat sich auf vier erhöht. Nach eingehender Untersuchung zahlreicher Spuren wurde die am 31. Mai aufgefundene Frauenleiche erneut obduziert. Hatte man zunächst angenommen, die Leiche sei durch die Einwirkung einer Schiffsschraube verstümmelt worden, haben die Untersuchungen jetzt ergeben, dass die Frau wahrscheinlich auf dem Blankeneser Bootsanleger getötet wurde. Hinweise an der dort aufgehängten Glocke legen das nah. Blut- und Haarspuren wurden inzwischen gesichert. Auch die Schnittverletzungen am Körper der Toten passen zum »Muster« des Serienmörders. In den Körper eingeritzt entdeckten die Pathologen »... etwas, das wie eine Möwe, eine Schwalbe oder ein Albatros« aussehe.
Die im Heck des Wracks der »Uwe« gefundene Leiche wurde inzwischen identifiziert. Es handelt sich um eine 25-jährige französische Austauschstudentin, die sich erst seit wenigen Monaten in Hamburg aufhielt. »Damit hat der Täter sein Muster durchbrochen«, sagt der leitende Ermittler Frederik Crohn. Jetzt seien auch jüngere Frauen gefährdet.
Inzwischen wächst die Kritik an den Polizeiermittlungen. Bisher hätten alle Maßnahmen keinen Erfolg gebracht, bemängelte Gerhard Ohmchen vom Bürger-

verein. Zwar »treten sich die Polizisten in Blankenese förmlich gegenseitig auf die Füße«, aber geholfen habe diese Rundumüberwachung eines ganzen Stadtteils bislang nicht. Man erwarte Ergebnisse. Die Blankeneser Bevölkerung sei in Panik. So etwas habe es in der 700-jährigen Geschichte des Stadtteils noch nicht gegeben. Notfalls müsse die Einsatzgruppe weiter verstärkt werden. Auch die männlichen Bürger Blankeneses seien angeblich bereit, Streife zu gehen. Ohmchen: »Notfalls müssen wir uns eben selbst schützen.«

Ein örtlicher Waffenhändler berichtet, dass die Nachfrage nach Tränengas, Gasrevolvern und Elektroschockgeräten drastisch gestiegen sei.

Die Polizei bestätigte, dass ein anonymer Hinweis zur erneuten Obduktion der am Falkensteiner Ufer aufgefundenen Frau geführt habe. Es könne nicht ausgeschlossen werden, dass der Hinweis ganz gezielt vom Täter übermittelt wurde. Frederik Crohn, leitender Kommissar der SOKO Serienmord: »Ein derartiges Verhalten ist nicht unnormal. Der Täter sucht Anerkennung. Er ist wie ein Kind, das eine Sandburg gebaut hat und sie unbedingt noch voller Stolz zeigen will, bevor sie vom Meer zerstört wird.« Die Identität der angetriebenen Toten sei bislang noch nicht geklärt. Es gebe Hinweise darauf, dass die Frau nicht aus Deutschland stamme oder zumindest längere Zeit im Ausland gelebt habe. International werden jetzt Vermisstendateien abgeglichen.

Meine Sandburgen sind Anerkennung genug. Frederik, ich werde dich damit so voll pflastern, dass deine Welt nur noch aus Sandburgen besteht. Sie werden dir durch die Hände rieseln. Und zurück bleiben ein paar Körper. Nein, ich bin nicht eitel. Ich will nur, dass du weißt, mit wem du es zu tun hast. Ich bin in deinem Kopf, Frederik. Und du bist in meinem. Wir sind fast gleich alt. Wir haben alles zusammen erlebt. Die Freitagabend-Koteletts und den Siegeszug der elektrischen Kerzen am Weihnachtsbaum.

Du hast dich gewehrt. Genau wie ich. Aber das war falsch. Ich habe den alten Mann nicht verstanden. Er hat sich doch nur um uns gesorgt. Frederik, Anna hat sich gewehrt. Aber dann hat der Fluss sie doch mitgenommen und wieder zurückgebracht. Der Fluss wollte sie nicht. Der Fluss wollte nur den Ton der Glocke. Sie kannte die Kiste. Sie sagt, der alte Mann ist nachts zu ihr gekommen. Und alles in ihr sei wie ausgebrannt gewesen. Frederik, du kannst nicht gewinnen. Du bist am Nasenring.

Hamburger Abendblatt vom 26. Juni

Opfer identifiziert

Der Sonderkommission der Hamburger Polizei ist es gelungen, die Identität der aufgefundenen Toten zu klären. Es handelt sich um die Israelin Anna Rubinstein, die seit einigen Jahren in New York lebt. Ihre New Yorker Freundin hatte eine Vermisstenanzeige aufgegeben, nachdem sich das Opfer nicht wie verabredet gemeldet hatte.
Aus dem Hotel ist sie kurz vor ihrem Verschwinden ausgezogen. Dem Portier hatte sie gesagt, sie komme bei Verwandten unter.
Die Sonderkommission konnte ermitteln, dass sie die Tochter einer ehemaligen Blankeneser Jüdin ist, die sich wenige Jahre nach dem Krieg von ihrem Mann getrennt hatte und nach Israel ausgewandert war. Nach Informationen der Polizei soll ihr Vater in Hamburg leben.

Komm, Frederik, lauf ein Stück. Ich habe dich heute Morgen angesprochen. Ob ihr dem Täter auf der Spur seid, habe ich dich gefragt, und du hast gesagt, ihr tut euer Bestes. Du hast eine warme dunkle Stimme. Ich war überrascht. Du hast müde ausgesehen, Frederik. Ich mag dich.
Ich habe meine Pläne geändert. Und jetzt stehst du vor dem Dreieck-Haus. Du bist schnell. Ich dachte, du

brauchst noch ein paar Tage. Dabei war es so einfach, sie zu überzeugen, bei Verwandten einzuziehen. Und ihre Mutter glaubte, dass sie in Griechenland ist. Aber sie ist auf den Spuren ihrer Herkunft gewandelt. Sagt man so? Wollte sehen, wo sie geboren ist. Anna wollte ihr altes Zuhause kennen lernen. Zuhause! Sie wollte uns Schuldgefühle machen. Den alten Mann in die Ecke drängen. Nun ja, Frauen haben Freundinnen. Ein paar Tage schneller. Und jetzt stehst du vor dem Dreieck-Haus. Der alte Mann wird dir nichts verraten. Er weiß nichts, Frederik. Er hütet seinen Schatz. In der Kiste. Er winkt dir, der alte Mann.

Hamburger Abendblatt vom 28. Juni

Dem Serienmörder auf der Spur?

Nach mühevoller Kleinarbeit und dank internationaler Unterstützung ist die SOKO Serienmord um Kommissar Frederik Crohn offenbar einen entscheidenden Schritt weitergekommen. Sie konnte über das vermutlich erste Opfer des Serienmörders eine Verbindung zu einem Bewohner Blankeneses aufbauen. Doch die Hoffnung, von dem Vater der Ermordeten Näheres über ihre letzten Tage zu erfahren, schlug fehl. Die Polizei fand die Leiche des 84-jährigen Mannes in seinem Blankeneser Haus. Der Mann sei eines natürlichen Todes gestorben. Der genaue Todeszeitpunkt könne erst anhand der gerichtsmedizinischen Untersuchungen ermittelt werden.
Der linke Unterarm des Mannes war abgetrennt und lag in einer eineinhalb Meter hohen Seemannskiste. Sie sei mit zwei Löchern versehen gewesen und weise von innen Kratzspuren auf. Der abgetrennte Arm hatte zahlreiche Tätowierungen, wie sie bei Seeleuten üblich seien. Crohn: »Es gibt eine überraschende Übereinstimmung mit den Einritzungen bei den Opfern des Serienmörders.« Weitere Informationen erhofft sich die Sonderkommission jetzt von dem Sohn des toten Blankenesers. »Der alte Hans Sirkensen war eines unserer Urgesteine«, sagt Gerhard Ohmchen vom Blankeneser Bürgerverein. Nach seiner aktiven Zeit

auf See hätte der Mann nach einem Arbeitsunfall im Auftrag eines großen Reiseunternehmens Touristen durch Blankenese geführt. Er sei allseits beliebt gewesen. Nach zwei gescheiterten Ehen habe er allein mit seinem Sohn in einem kleinen Haus in Blankenese gewohnt. Über die Kriegsjahre hatte er seine jüdische Ehefrau zeitweise in einem Keller versteckt. »Wir stehen unmittelbar vor der Identifizierung des Täters«, sagte Crohn. Der Sohn, der nach Ansicht Crohns unmittelbar mit den Taten in Zusammenhang stehe, sei zurzeit jedoch nicht aufzufinden.

Ja, lieber Frederik, du hast einen Namen, doch Namen sind Schall und Rauch. Du hast meinen Namen, weil ich es so gewollt habe. Und was weißt du noch? Auch du hast sie, diese Seuche. Wird von Luft und Zeit übertragen. Wie die Maul- und Klauenseuche. Da helfen keine Absperrungen. Der Wind weht, wohin er will. Ich habe dich angesteckt. Du wirst sehen, wie sie ausbricht, die Seuche.

Hamburger Abendblatt vom 28. Juni

Täter auf der Flucht

Nach Untersuchungen im Haus von Hans Sirkensen hat die Polizei jetzt den Sohn Jens Sirkensen zur Fahndung ausgeschrieben. Die Polizei glaubt, dass er sich noch innerhalb Deutschlands aufhält. Alle Flughäfen und Bahnhöfe werden überwacht. Die Polizei warnt die Bevölkerung eindringlich, sich dem Täter zu nähern oder ihn gar dingfest machen zu wollen. »Der Mann ist bewaffnet und dürfte sofort Gewalt anwenden«, sagte Kommissar Crohn. Nach Angaben von Nachbarn galt der Vater Hans Sirkensen als »jähzornig, aber harmlos«. Während seiner Ehe hatte es eine Anzeige wegen Missbrauchs an seiner Tochter gegeben. Die Anzeige sei damals fallen gelassen worden, da die Ehefrau und ihr Kind nicht mehr befragt werden konnten. Sie hatten bereits die Bundesrepublik verlassen.
Die Polizei fahndet bundesweit nach Jens Sirkensen. »Wir werden den Druck weiter erhöhen«, sagte Crohn.

Siehst du mich, Frederik? Hier im Dunkeln. Ja, ich mag dich. Siehst dir noch einmal den ersten Tatort an. Fleißig, mein lieber Kommissar. Ja, schau hinauf. Du weißt, dass ich hier bin. Du bewunderst den Süllberg. Ist er nicht schön? Wusstest du, dass die Blankeneser Kapitäne immer den ersten »heimatlichen« Grog aufgestellt haben, wenn sie bei ihrer

Rückkehr Blankenese sahen? Stadtgeschichte, Frederik. Die Menschen mögen das. Sieh nach, welches Buch ich dir auf den Steg am Leuchtturm gelegt habe. Siehst du die Mülltüte? Ich habe die Anfangsbuchstaben deines Namens darauf geschrieben. Ja, ein Büchlein. Zum Schmökern. Für Frederik. Von Jens.

Auszug aus »Führer durch die Sagen und Mythen Norddeutschlands, Hamburg 1984«

Der Sage nach soll auf dem Süllberg nach dem Dreißigjährigen Krieg eine Wetterhexe ihr Unwesen getrieben haben. Die Hexe mit grauem Haar, stechenden Augen und langen spitzen Zähnen betrachtete den Berg als ihr Eigentum. Unwillkommenen Besuch hielt sie durch Hagel und Nebel fern. Sie konnte auch Feuersbrünste entfachen und Missernten herbeihexen.

Während die Wetterhexe ihr Unwesen auf dem Süllberg trieb, lebte in der Nähe ein wohlhabender Bauer, der auch als Kaufmann tätig war. Er besaß drei Handelsschiffe auf großer Fahrt. Als Kapitäne fungierten an Bord seine drei Söhne. Für seine Tochter Gretchen wünschte er sich einen Edelmann als Gatten. Sie aber war in den jungen Kuhhirten Christian verliebt, der ihr zweimal das Leben gerettet hatte. Der Vater verweigerte seine Zustimmung zur Heirat. Gretchen erklärte sich schließlich bereit, denjenigen zu heiraten, der Blankenese von der Wetterhexe befreite. Einem adligen Bewerber misslang der Versuch, und die Hexe ließ die drei Schiffe des Kaufmanns im Sturm untergehen. In dieser Situation entschloss sich Christian, dem Spuk ein Ende zu machen. Er errichtete am östlichen Fuß des Süllbergs einen Scheiterhaufen und stieg, begleitet von einem Pastor, den Berg hinauf. Der Geistliche wartete in sicherem Abstand. Gegen Mitternacht, als die Hexe aus ihrer Höhle trat, packte Christian sie und warf sie den Abhang hinunter in den angezündeten Scheiterhaufen. Der Süllberg war von der Hexe befreit, und Christian erhielt Gretchen zur Frau.

Es ist Mitternacht, Frederik. Du hast den kleinen Feuerschein bemerkt. Scheiterhaufen müssen prasseln. Komm, Frederik. Du steigst die Treppe hinauf, und ich sehe die Pistole in deiner Hand. Du bleibst auf einem Absatz stehen. Steigst dann die Treppe weiter langsam hinauf.
Der alte Mann schläft jetzt. So friedlich. Wenn du genau hinhörst, dann kannst du ihn leise atmen hören. Frederik, ich habe dich angesteckt. Ja, ich trete jetzt aus dem Dunkel. Erst einen Schritt und dann noch einen. Jetzt müsstest du mich eigentlich riechen. Der Wind steht gut. Ja, dreh dich um. Ja. Und sieh, sieh, was ich mache.

Hamburger Abendblatt vom 30. Juni

Das Ende des Serienmörders?

Wie kurz vor Redaktionsschluss gemeldet, ist der vermutliche Serienmörder, der auch als »Kreuz von Blankenese« bezeichnet wurde, von einem Polizisten erschossen worden. Nach Polizeiangaben habe der Täter dem Anschein nach eine Frau gewürgt und dann mit einem Messer bedroht. Dann habe es einen Knall gegeben, woraufhin der Polizist, dessen Name nicht bekannt gegeben wurde, geschossen habe. Erst danach habe der Polizist erkannt, dass es sich bei der Frau um eine lebensgroße aufblasbare Sexpuppe handelte, die der Täter mit einem Messer angeritzt habe. Der Täter habe die Puppe mit einem Designerkostüm bekleidet. Sie war grell geschminkt und trug eine Perücke. Als die Puppe geplatzt sei, habe der Polizist sich bedroht gefühlt und geschossen. Der Täter habe auf dem Boden liegend noch ein Herz in den Sand gezeichnet. Weitere Angaben wollte der Polizeisprecher zu diesem frühen Zeitpunkt nicht machen. Kommissar Frederik Crohn war nicht erreichbar.